봄이 오면
틀림없이 사랑이 필요하다는 것은
널리 인정된 진리다

너에게
편지를
쓴다

너에게
편지를
쓴다

박철우 지음

지식인하우스

To. 시처럼 다가온 너에게

준비물 __ 봄, 벚꽃, 그리고 너

칼바람에 얼어붙은 차디찬 마음의 결심까지도 무너뜨리는 계절, 봄. 님이 왔음을 알아차린 벚꽃도 버선발로 뛰어 나서는 그런 계절이에요.
완연한 봄날은 사랑을 이루라는 이름 모를 신의 배려이며, 벚꽃은 그 선물입니다. 이제 이 완벽한 봄날을 만끽하기 위해, 하늘보다 가까운 곳에서 내리는 벚꽃 우雨를 함께 맞을 그녀만 있으면 될 것 같아요.

하지만 그녀는 봄과 달리 기다린다고 오지 않고, 따뜻하다고 피어나지 않네요. 짧아진 그녀의 치마를 가려줄 카디건만 준비하면 된다고 생각했던 내가 어리석었던 거죠.

남자도 예쁜 말을 합니다. 단지 흔적으로 남아 버리는 게 부끄러워서 예쁜 생각에 머물렀을 뿐이죠. 시간이 조금 지난 후에 깨닫습니다. 이 봄에 그녀가 원했던 건, 한 송이의 예쁜 말이었단 것을.

그것을 알면서도, 표현에 서툰 남자는 여전히 입가에만 맴도는 그녀를 피워 내지 못하고 있습니다.

하지만 올봄엔 우리 모두 용기를 냈으면 좋겠습니다. 피워 내지 못한 사랑을 품었다면, 그리고 도무지 입이 떨어지지 않는다면, 이 한 권의 책으로 고백을 대신 전해 보는 건 어떨까요?

그 또는 그녀가 이 책을 다 읽기 전, 두 사람의 손이 포개어지길 바라는 마음으로 글을 써 내려갔습니다. 제 글이 두 송이의 꽃을 더 피울 수 있다면 말이죠.

그럼 제가 먼저 해 보겠습니다.

음음,
'그녀'를 '너'라고 부르기 위해
용기 냈던 그날부터
빠짐없이 사랑해 왔어.

그 모든 시절 속의 너와 내 모습을
추억 속에서 한두 송이 캐다
흰 종이에 꾹꾹 옮겨 심었어.

이제 네가 가꿔 주기만 한다면
지지 않는 꽃이 되겠다고 약속할게.

나의 고백이 늦지 않았길 바라는 마음을 담아,
어느 봄날 오후에.

From 시처럼 다가오는 계절에

박철우

CONTENTS

CHAPTER 1

너에게 100m 전

부끄러운 고백이 기록으로
남아 버리는 게 부끄러워서

날 좋아한다 말하진 않았지만,
흘겨본 낙서장엔
내 흔적들이 가득했지.

그건, 너만 보면 숨기지 못하는
내 눈빛에 대한 화답이었어.

너도 무심한 얼굴로
티를 내고 있었던 거야.

어서 고백하라고 말이야.

거기 그려진 남자, 나지?

축축한 여름밤에 마신 맥주 한 캔은
어김없이 너를 보고 싶게 만들어.

칼스버그,
홉의 쌉싸름함과 레몬의 새콤함은
딱 너만큼의 황금 비율.

탄산이 미미한 아사히 맥주를 넌 싫어했지만,
벚꽃 Edition 나올 때만 허락해 줬어.

흑맥주만 마시면 붉어지던 너의 얼굴을
난 귀여워했고, 넌 부끄러워했지.

그 생각이 나서 마지막 한 캔은
코젤 다크로 정했어.

맥주 마시는 척 너를 마셔

 너에게 편지를 ＿＿＿＿ 쓴다

너의 이상형 '윤계상'

내가 윤계상이라면

가끔 토라져 있는 네 앞에서
와퍼 한 입 크게 베어 무는 것만으로
웃길 수 있지 않을까, 그런 생각을 해.

영혼까지 끌어당겨 꽁지머릴 묶고
수염을 일주일째 깎지 않아도
때론 어눌한 한국어로

"아직 화가 아이 풀렸니" 하면
금방 웃어 주겠지.

내가 윤계상이라면.

가끔 네가 끓인 김치찌개도
간이 맞지 않을 때가 있어.

한 번쯤 내가 끓인 부대찌개도
맛있다 해 줄 법도 한데,

응?

한사코 말없이
희미하게 웃고 마는 너를 위해

나도 너만큼 조미료를 넣기로 했어.

페어플레이

 너에게 편지를 _____ 쓴다

삶에 지친 네게
어떤 위로의 말을 건넬지
고르고 골랐어.

다른 사람들은 다 모른대도
난 알고 있잖아.

새빨간 외모보다
부드러운 속마음이 예쁜 넌

양념 치킨

난 네 엉뚱한 습관들을 좋아해.

탁자 위에 나나콘 다섯 개 꺼내 놓고
하나씩 주워 먹는 습관

꼭 그렇게 먹어야 돼? 물으면

손가락 휘휘 젓는 모습이
그렇게 귀엽더라.

혹시 너도 칸쵸,
상자에 부어 먹니?

이건 나의 엉뚱한 습관이야.

 너에게 편지를 _____ 쓴다

어제는 나나콘 사다가
몰래 너를 따라 해 봤어.

뭐 하는 짓인가 싶어
실없는 웃음이 났어.

우리가 웃는 이유엔
나나콘 한 봉지, 칸쵸 한 상자면 족했어.

초등학생도 아니고

내 팔에 매달려
얼굴을 부빌 때면
영락없는 어린애 같다가도

정장 입고
일하는 너를 보면
그렇게 의젓해 보일 수 없어.

엄마 생신,
동생 생일,

쉼 없이 일하고도
가족 먼저 챙기기 바쁜
네 모습이 안쓰러워,

한쪽이 망가진 너의 이어폰을
바꿔 주고 싶었어.

 너에게 편지를 _____ 쓴다

열심히 사는 너도
누군가로부터 선물을
받았으면 좋겠다.
그 선물을 주는 사람이
나였으면 좋겠다.

그렇게 좋아하는 모습을
오래 보고 싶은 게 내 진심이야.

에어팟

너와 특별할 것 없이 걷는
산책길이 가장 좋아.

핫도그 입에 물고
한강 따라 걷다 보니
여기 갈대밭이 있었구나.

힘들면 벤치에 앉아
샤인머스캣 포도 한 알과
앙버터를 떼어 먹었어.

그대로 대형 마트까지 걸어

과자 잔뜩 사 들고

다시 산책길을 나서는

따뜻한 봄날의 데이트

맥주 마시고 듣는
모든 노래가 발라드 같아.

가사 한 마디 한 마디가
전부 너를 떠올리게 해.

감성에 젖어서 나

 너에게 편지를 _____ 쓴다

널 만난 후로

가사가 예쁜 노랠 들어.

유치하게 들리던 말조차

유달리 내 얘기 같아서.

트와이스 - Yes or Yes

안 쓰고
못 배기면
작가랬고,

안 만나고
못 배기면
사랑이랬지.

글을 쓰지 않은 날은 있어도,
네가 보고 싶지 않은 날은 없었어.

작가보단 사랑 체질인가 봐

 너에게 편지를 _____ 쓴다

인생에서 가장 행복한 순간은

사랑하는 사람과

맛있는 걸 먹을 때라는데,

식비 97%와 교통비 3%로 이루어진

우리의 데이트 비용을 보니

확실히 우린 행복한 사랑만 하고 있나 봐.

몸무게가 늘어도

낮과 밤,
그 낯선 경계를 지날 때쯤

붉게 물든 하늘을 바라보며
네 생각을 가장 짙게 해.

노을

너에게 편지를 _____ 쓴다

반지하 기숙사에 살 때도
2층 고시원에 살 때도
5층 원룸에 사는 지금도
여전히 넌 내 옆에 있었어.

한 층 한 층
건물이 높아질 때마다
창문 너머로 보이는
세상이 작아지는 걸 느꼈지만,

세상이 작게 보이는 만큼
너는 크게 보이기 시작했어.

그러니까
나중엔 꼭 타워팰리스 가서 살자.

네가 더 커 보일 수 있게

외로운 날엔
누구라도 잡아 주면
좋을 것 같아서

지하철 끝자리를 마다한 채
어깨 하나라도 더 끼일 수 있는
사람과 사람 사이를 서성거려.

오늘따라 키 작은 네 어깨가
유독 그리운 날이야.

퇴근길에

휴가에만
성수기 비수기가
있는 게 아냐.

애정과 실망,
다툼과 화해를
반복하다 보면

사랑에도
성수기 비수기가
있기 마련인데

요즘 부쩍 성수기란 말이야

몇 년을 만났어도
흔한 명품 한 번 찾지 않는
네가 진짜 명품이야.

구두는
발 아파서 못 신겠다
벗어 던지고,

스니커즈로
갈아 신고 나타났던
네 모습에 반했잖아.

너는 명품, 나는 사치스러운 남자

 너에게 편지를 _____ 쓴다

그리운 날은
사진첩을 뒤적였고,

쓸쓸한 날은
일찍 잠에 들었어.

그래도 보고 싶은 날은
펜을 들고 못다 한
말들을 써 내려갔어.

보이지 않는 만큼
깊어져 가던 게
너였어.

얕아지는 인내심과 달리

몇 번의 봄, 몇 번의 여름,
몇 번의 가을, 몇 번의 겨울을
함께 보냈어도

너는 내가 아니라
내 마음을 온전히 알진 못할 거야.

그래서 넌 종종
'나를 얼마나 좋아하니'
유치하게도 그 크기를 묻곤 했지.

그런 말을 들은 지
부쩍 오래된 걸 보니,

요즘은 내가 티를 좀
잘 내고 다니나 봐?

누가 보면 오늘 사귄 줄 알겠다

 너에게 편지를 _____ 쓴다

인천공항

많이 보고 싶을 거란 생각과

많이 보고 싶었단 생각을

짝지어 했던 장소

20년 가까이 노력해도
알 수 없는 게 딱 두 가지 있어.

하나는
낮에서 밤으로 넘어가는 그 경계,

다른 하나는
네가 내 품에 안겨
얼굴을 부빌 때 난다는 그 냄새야.

아마도 그건 내 체취겠지?
난 잘 몰라.

그렇지만 네가 안길 때
스며드는 체취가 향기로 느껴지듯이,
내 것도 그랬으면 좋겠어.

꼭 수면제같이

 너에게 편지를 _____ 쓴다

거울 앞에서

넌 가끔 살찐 것 같아
우울하다고 말할 때가 있어.

근데 너는 너를 몰라.

밥 먹을 때 눈, 얼마나 아련한지
밥 먹을 때 코, 얼마나 오뚝한지
밥 먹을 때 입, 얼마나 섹시한지

너의 매력은 빠짐없이
밥 먹을 때 빛났거든.

그것도 모르고
넌 가끔 살찐 것 같아
우울하다고 말할 때가 있었어.

내 입으로 간질일 수 있는
가장 부끄러운 말을
속삭이고 싶어.

내가 짓는 미소 가운데
고르고 골라
가장 예쁜 미소만
보이고 싶어.

시간이 지나도
그러지 못한 날보다
그런 날들이 많길 바라.

내가 생각하는
진짜 사랑이 그래.

오늘도 거울 보며 웃는 연습을 해

 너에게 편지를 _____ 쓴다

나의 터무니없는 말에
너는 폭소를 한다.

웃어 주는 건 고마우나
어디 가서 써먹지는 마라.

그러다 밥 혼자 먹을까
늘 걱정이다.

진심으로

너는 검은 봉지를 닮았어.
떡 사면 담아 주는 그 투박한 비닐 있지?

처음엔
말수가 적고, 표정도 많지 않아서
네가 날 어떻게 생각할지 궁금했어.

너의 속마음엔 내가 있을까…

그런데 언젠가 나를 향해 웃는
네 미소를 보며 확신했지.

혹시 들킬까
검은 비닐에 꽁꽁 감춰 둔
모든 마음이 진심이라는 걸.

불투명한 진심

 너에게 편지를 _____ 쓴다

가깝지만 멀리 있길 바라.
너는 내가 누군지 몰라도 돼.

그냥 너만 보면 웃는
바보쯤으로 알면 돼.

그렇게 알면 돼

네게 건네고 싶은 건,
여러 개 가진 것 중에
하나가 아니야.

생애 딱 하나
품고 사는 것.

그걸 주고도 아깝지 않은 네가
진짜 내 사랑이야.

더 갖고 싶은 건 없고?

너에게 편지를 _____ 쓴다

Touch 한 번으로
보고 싶은 마음을
너에게 흘려보내.

Kakao Talk

서점에 누운 빳빳한 책에서
나는 정을 느끼지 못해.

열 명쯤 손을 거쳐
모서리가 헤지고
종이가 구겨진 뒤

흘러가듯 넘어가는
페이지를 사랑해.

너를 만난 오늘까지 나라는 책은
오직 한 명의 독자만을 위해
쓰여 온 거 알아?

읽어 본 너의 소감은 어때?

베스트셀러야, 스테디셀러야

 너에게 편지를 _____ 쓴다

밖이 보이지 않는
선팅 짙은 강의실에서

조명 하나 의존한 채 보낸 2년.

해가 지는 노을 녘이
이렇게도 어색하네.

오늘처럼 일 안 하고
너와 같이
하늘만 쳐다보면
얼마나 좋을까.

네 팔 베고

나는 욕심이 좀 많아.

부끄러움을 알지만
내숭 없는 사람을 좋아해.

내 앞에선 헤프게 웃어도,
남 앞에선 침묵을 지키는 사람.

봄이 오면,
풀꽃을 따라 걸으며
봄 인사에 화답할 줄 아는 사람.

한평생 그런 사람
못 만날 줄 알았는데

너를 만났지 뭐야

 너에게 편지를 ＿＿＿ 쓴다

햇살 아래

빈둥거리는 시간을 사랑해.

그 옆에 너만 있으면

딱이야

너도 그래?

토요일만 되면
손깍지 끼고 거닐다

시험공부 한답시고
책상 앞에 앉으니

한글이든 영어든
적힌 글자마다
네 이름으로 읽히는 거.

잠깐 커피 마시러 나갈까?

 너에게 편지를 _____ 쓴다

지친 하루가 끝날 때쯤

책 펴서 종이 냄새 맡을 시간이 필요했고,
네가 흩뿌리는 향기를 옷깃에 담고 싶었어.

매일이 그럴 수 있다면
나는 까칠해질 이유가 없었어.

하루 냄새

부디

오늘 밤은 누군가를 미워하지 않게 해 주세요.
여전히 그 사람 안위엔 관심 없지만
자꾸만 그대 생각을 가려서 그래요.

너에게 편지를 _____ 쓴다

저녁에서
밤으로 넘어가는
애매한 오후 8시는

모두에게
미안한 마음으로
가득한 시간이야.

특히 너한테

넌 앉자마자
휴대폰을 꺼내 들지만,

나는 열차가 움직일 때까지
꼼짝 않고 서서 네 뒷모습을 바라봐.

혹시 돌아보지 않을까 해서.

뒤돌았을 때 내가 없어
너의 마음이 외롭지 않도록.

오늘도

내가 철이 든다면

네가 좀 심심할 거다?

깊은 생각 뒤에
입술을 뗀다면

아무 말이나 뱉어
너를 웃게 하는 일도
더는 없을 거야.

그럼 어린아이처럼
에계계 웃는 네 웃음소리도
다신 듣지 못하겠지.

그게 무서워서 난,
철들지 않기로 했어.

 너에게 편지를 _____ 쓴다

나를 희생해

네 기분이 깨끗해질 수 있다면

기꺼이 비누라도 되겠어.

하소연

사랑하면 닮는다는데
염치없는 내 마음까진
닮지 않았으면 좋겠어.

내 성격 중에도
쓸모 있는 게 있다면
고르고 골라
어여쁜 것만 닮길 바라.

도무지 헷갈린다면
이리 가져와.

내가 직접 골라 줄게.

닮지 말아야 할 것까지도

 너에게 편지를 _____ 쓴다

네가 할 일

내가 고체이고선
순간순간 변하는 너의 감정에
대처하지 못할 것 같아,

네 감정 사이를
유연히 흐를 수 있는
액체가 되려고 노력해 봤어.

그런 내가 증발하지 않도록
네 안에 가둬 두고,
관심 가져 주는 게

네가 할 일이야.

결코 대체할 수 없는 순간

참혹한 전쟁이 일어난다 해도
빼앗기고 싶지 않은 순간들이 있어.

모두가 잠든 새벽에
커피로 잠을 깨우는 시간,

햇살 아래 책을 껴안고 나뒹구는 시간,

하루를 끝내고 집에 들어와
백열등이 아닌, 붉은 조명 하나에 의존한 채
오늘의 감정을 일기장에 끄적이는 시간.

적어 놓고 보니,
내가 지키고 싶은 순간은
죄다 혼자만의 시간들이네.

 너에게 편지를 _____ 쓴다

하지만,

이렇게 이기적인 나지만,

이 중에 딱 하나의 행복만 지키라는

신의 유치한 질문을 받는다면

난 너랑 함께 있는 시간을

지켜 달라고 빌어 볼 작정이야.

집안에 머무르는 여유가
오늘은 불안으로 바뀌었어.

이 좁은 공간에 혼자 갇힌 기분이랄까.

한없이 답답한 날엔
방안을 가득 메운 공기마저
역하게 느껴졌어.

얼른 도망쳐
네 품에 안기고 싶어.

너의 냄새가 그리워.

안아 줘

 너에게 편지를 _____ 쓴다

좋아해서 내는 심술이라는 걸
이제야 눈치챘어.

로맨스 영화에 나오는
어리숙한 남자 주인공을 보면서
어쩜 저렇게 눈치 없을까 생각했지만,

진짜 눈치 없는 남자는

나였네

CHAPTER 2

너에게 60m 전

애정표현은 뱉고 나면
분해되는 말뿐이었어

감정의 역설법

행복해서 웃고,
슬퍼서 울고.

널 만나기 전까지
그게 내가 알던 감정의 전부였어.

널 만난 후로
행복해서 울고,
슬퍼서 웃는
내 모습을 보며

그걸 또 아무렇지 않게
받아들이는 나를 보며

또 다른 세상을 보여 준 네게
말로 다 전할 수 없는 크기의
사랑을 전해.

 너에게 편지를 _____ 쓴다

복잡한 일상에서
의미가 사라져 가는
연애가 좋아.

크리스마스가
특별하기보단

너랑 손잡고
맛있는 음식을 먹을 수 있는,

지극히 일상적인 휴일이
하루 더 허락된다는 것.

그런 무의미한 기념일이
매일을 크리스마스로 만들어 줘.

All day, Christmas

까톡, 까톡.

시도 때도 없이 울리는
알림 소리가 싫어
무음으로 바꿔 뒀지만,

혹시 네가 메시지를
보내지 않았을까 해서

습관적으로
엎어 둔 휴대폰을
다시 뒤집어 봐.

너에게 편지를 _____ 쓴다

나로서 온전하던 내가,
너 없으면 안 될 것 같다는
생각을 하면서

매일 밤
행복과 두려움이 공존해.

혼자 하는 고민

가을 야구가 남기고 간
여운을 메꾸기 위해

농구를 챙겨 보기
시작했다는 너.

네가 아는
한 줌의 농구 상식을
줄줄이 늘어놓으면서
멋쩍게 웃는 모습이,

밥 먹으면서
같이 하이라이트 챙겨 보는 일상이,

스포츠 취향까지 닮아 버린 우리라
이제 네가 회만 먹으면 되겠다.

당근도 좀 먹고

너에게 편지를 _____ 쓴다

뭐가 그렇게 좋아서 꼬이는지,

깍지 낀 두 손과
팔짱은 꼬여도

서로를 향한 마음은
꼬일 일 없는
블루투스 이어폰이길 바라.

베베

아메리카노에 길들여졌어도
가끔은 믹스 커피가
마시고 싶은 날도 있어.

하지만 널 보고 싶은 마음이
그렇지 않은 날은 없었어.

확고한 취향이라

너에게 편지를 _____ 쓴다

첫 경험

둘 다 스키를 타 본 적 없지만,
운동 신경 좋은 네가 더 잘 탈까 봐
밤새 잠 못 이뤘고,

롤러코스터 잘 탄다고 말했지만,
너는 소리마저 안 지를까 봐
맘을 졸였고,

공포 영화 그게 뭐가 무섭냐고 했지만,
땡그란 두 눈 깜짝 않고 볼까 봐
걱정했어.

그런데 알고 보니
너도 순 겁쟁이구나?

걸음의 보폭은 내 것이
너의 두 배 정도 돼,

보통의 날은,
내가 보폭을 줄여
나란히 걸으면서도

말다툼한 날은,
두 배 되는 보폭을
네 배까지 늘려
달아나고 싶기도 해,

아무렴 그런들,
잘못된 길로 걷진 않을 거야.

저 멀리 뒤처진 넌
끝내 이 발자국을
따라 밟고 있을 테니까.

얼른 와, 기다리고 있어

네가 웃었어.
나도 따라 웃었어.

네 미소가 옮겨붙은 나는
오늘 하루 열 명쯤 기쁘게 해 줄
자신이 생겼어.

나비효과

사는 게 고달파

도망치고 싶을 땐

잠시 달아나도 좋아.

다만 내 걱정이 닿는 곳까지만

달아나 줘.

언제든 달려갈 수 있게

모임에 나가도
딱히 자랑할 건 없지만,

네 얘기만 꺼내면
벙긋하던 놈들이
전부 입을 다물었다.

팔불출

이건 지,
이건 지 여친!

남녀 한 쌍이 그려진 내 휴대폰 케이스를 가리켜
엄마가 고모한테 일러바쳤어.

사실 여기 그려진 둘은
너도 나도 아닌데,

사람들은
어깨 감싸 안은 남자만 보면 다 난 줄 알고,
그 품에 안긴 여자만 보면 다 넌 줄 알더라.

기분이 좋다

네 마음은 깊은 호수 같아서
꼭 너를 보고 있으면,
그 안에 숨은 내가 보여.

가끔은 너의 호수가
얼어 버릴까 걱정을 해.

너를 보고 있어도,
그 속에 내가 비치지 않을까 봐.

너를 부르는 목소리가
물수제비 치지 못하고
냉랭한 얼음 바닥에 튕겨 버린
얄팍한 돌멩이가 될까 봐.

가끔 불안한 날도 있어

 너에게 편지를 _____ 쓴다

스무 살의 소원

스무 살에
넌 소원이 하나 있었지.

점심시간에 내가 너의 학교로 찾아가
같이 밥을 먹는 것.

장거리 연애였던 난
끝내 그 소원을 들어주지 못했고,
졸업하는 날마저 캐나다에 머물렀지.

5년 후,
너의 회사 앞으로 찾아가
일하고 있는 너를 불러내

철 지난 약속을 지키고 돌아가는 길,
짙은 미안함이 사무쳐 와.

엄마 말을 빌리면
난 모든 것을 대충 하려는 성질이 있대.

발목에 힘을 안 주고 걸어서
팔자걸음이 됐고,

둔부에 힘을 풀어서
짝다리를 짚고,

소파에 늘어뜨리고 앉아
한 쪽 어깨가 축 처졌대.

그렇지만
너와의 연애만큼은
대충 할 수가 없어.

여전히

너에게 편지를 _____ 쓴다

소리는 떨림이라는데,

첫인사를 건넬 때
떨린 내 목소리는

자연 현상이 아니라
네가 예뻐서 그런 거야.

네가 예쁜 건 자연 현상이고

종이 사이에 틈이 필요해.
다닥다닥 붙어서
한 페이지 넘기기조차 버거운 책을
난 사랑하지 않아.

사랑 사이에 틈이 필요해.
옆에 딱 붙어, 일거수일투족 관여하는 삶에서
난 사랑을 느끼지 못해.

후루룩 넘어가는 책 사이에
틈이 존재하듯

우리의 연애에도
낮과 밤, 오늘과 내일 사이에
틈이 필요해.

 너에게 편지를 _____ 쓴다

부끄러운 일을 꺼내어
혼자 얼굴 붉힐 수 있는 시간,
이유 없이 우울하고 싶은 시간,
소리 내어 울고 싶은 시간,

그 끝에 당장 네가
보고 싶어지는 시간.

그래서 나는 틈이 필요해

형태를 가진 것들은
서로가 서로를 끌어당긴대.

이 세상에 와
우리 두 사람이 만난 이유는
내가 너를 당긴 힘만
유독 특별했던 게 아닐까?

그러니 내게서 도망칠 생각 마.
어차피 이번 생은 다시 끌려올 운명인 것을.

만You인력

 너에게 편지를 ＿＿＿ 쓴다

해가 뜨면
네 생각이 떠오르고,

해가 지는 노을 따라
짙어지다,

잠에 들고서야
멈춰 버려.

출근할 때 나 좀 깨워 주라.
내일도 네 생각에 바쁜 하루를 살 수 있게.

하루 생각

너는 좋겠다.
약속 시간 늦어도
타박 않는
남자친구 있어서.

너는 좋겠다.
음식 가림 없이
다 잘 먹는
남자친구 있어서.

너는 좋겠다.
너만 보면
마냥 웃는
남자친구 있어서.

나는 좋았다.

그런 네가 있어서

너는 TV 속에
좋아하는 사람이 참 많아.

한때는 억울했지.

나는 즐겨 보는 배우도,
딱히 좋아하는 걸그룹도 없어서.

그럼 네가

나의 아이돌이자
연기자이자
하나뿐인 뮤즈가
되어 주면 되겠다.

너 참 할 일 많다

 너에게 편지를 ＿＿＿ 쓴다

사실 나도 있었지롱.

말 안 했지만,
오랫동안 좋아해 온
걸그룹 멤버도,
연기자도 있었어.

나는 네가 약 올라 하는
얼굴이 그렇게 좋아.

그래서 절대 알려 주지
않을 생각이야.

어디 한 번 맞춰 보시지.

ㅁ ㅊ ㅇ

서로를 안지 못한
시간이 길었기에,

안아 줄 수 있는
지금이 소중하다는 걸

마주 보며
아이스크림 먹다
문득 깨달아.

뜬금없게도

땀 뻘뻘 흘리며
닭볶음탕 먹는 모습에
너는 폭소를 한다.

혹시 나 땀 흘리는
모습 보려고

일부러 고추 짜장,
매운 돈가스 시켜 놓고
너는 한 입만 먹는 거냐.

내가 주문한 건
간짜장인데,

왜 난 눈물만 흘리고 있는 거냐.

매운 건 자기가 더 잘 먹는다더니

억울하면 울어도 돼.
가끔 대꾸해도 좋아.

그래도 분이 안 풀리면
쪼르르 달려와
내게 일러바쳐도 돼.

내게 달려온다면
말없이 안아 줄게.

상처받지 마

쪼그만 게
몇 달 일찍 태어났다고
누나란다.

흥! 하고 돌아섰다가도

입에 과자 물려 주면
쪼르르 달려가
누나, 누나 재잘거리지.

이런 내 모습
누가 볼까 두렵다.

고작 과자 따위에

넌 그렇게 웃지 마.

네 매력, 누가 눈치챌까 두렵거든.

미소주의보

내가 할 일

네가 우는 이유에,
내가 끼이지 않도록

 너에게 편지를 _____ 쓴다

내가 너의 젊음을 훔쳤으니,
너의 젊음을 빛낸 사람도 나이길.

그런 나이길

아빠의 젊음을 훔치고
엄마의 걱정을 훔쳐,

이날 여태껏
배불리 먹고 자랐어.

할 수만 있다면
두 사람의 젊은 시절을
제자리에 가져다 놓고

내 젊음을 반쯤 떼어다
그 자리를 메꾸고 싶지만,

그럼 네가 서운해할까
나는 그러지 못해.

고부갈등

 너에게 편지를 _____ 쓴다

계산적이었고
노골적이었으며
치밀함이 돋보였지.

첩보 영화에 빠져
국정원이 되고 싶었던
꼬마 아이는

비록 어린 시절의 꿈은
못다 이뤘지만,

치밀하게 계산해서
노골적으로 네 마음을
훔치는 덴 성공했거든.

사랑 우화

무려 한 페이지나 빌려
섭섭한 마음 고백하려 해.

너는 매일 '예쁘다'
말해 달라고 하지만,
나는 잘생겼단 말
딱 세 번 들어 봤어.

"나도 잘생겼다는 말 듣고 싶어!"
졸라 한 번.

엎드려 절 받긴 줄 알면서도
네 입에서 ㅣㅏ오는
잘생겼단 말이 달콤해
또 졸라 두 번.

너에게 편지를 _____ 쓴다

내 얼굴 뭉개 놓고
키득거리는 네가 얄미워
혹시 이상형이
웃기게 생긴 남자인가
마음 졸이며 세 번.

후, 뱉고 나니 개운하네.

됐어.
내가 섭섭한 건
이뿐이야.

그래도 난 예쁘다 말해 줄 거야

너는 돈이 좀
많은가 보다.

월세 걱정 않고
내 생각 속에
사는 거 보니.

전세로 살지, 그냥

 너에게 편지를 _____ 쓴다

계단 앞에 서면
우린 약속이나 한 듯
눈치 게임을 시작해.

서로 먼저 가라
등을 떠밀어대지.

내가 앞서는 날엔
손을 뒤로 뻗어 휘휘 저항하고

네가 앞서는 날엔
눈 깜짝할 새 뛰어 올라가 버리지.

눈앞에서 너만 사라지면,
내 엉덩인 벌써부터 간지러워.

그만…!

닭다리 뜯으며
내일 점심 메뉴 걱정하는
넌 정말이지
사랑스러워.

떡볶이 어때?

너에게 편지를 ＿＿＿＿ 쓴다

넌 되고, 난 안 되고

세상 사람들 좀 보이소,
내가 이래 삽니더.

토라지면
우는 이모티콘 잔뜩 보내
내 마음 아프게 하고

그래도 안 풀리면
집 앞 우편함에 편지 한 통
슬쩍 놓고 가는 너.

퇴근길에 발견하고선
내 마음이 미어져 와.

어찌 술책이

이리도 뛰어난지

화를 내고 싶어도

나는 그러지 못해.

너란 여자, 제갈공명

숨겨 둔 고백

황량함
영롱함
은은함

사색에 젖어 네 생각을
낭비하는
해 질 녘 노을

우리 동네에서 이러지 말자.

넘사시러 죽겠다.

남들은 내가 과묵한 줄 알거든

넘사스럽다

'남 보기 부끄러워'의 방언

"이거 먹어 봐, 아~"
원래 이런 사람 아닌데.

"오이구, 그랬어?"
원래 이런 사람 아닌데.

"이거 봐라? 슈웅~"
원래 이런 사람 아닌데.

진짜 아닌데

붕어빵 세 개 사서
두 개 주고 싶은 사람

닭다리 두 쪽 다 줘도
아깝지 않은 사람

노릇하게 구운
마지막 삼겹살 한 점
양보할 수 있는 사람

내 사랑이 얼마나 큰지
이제 알겠지?

다 준 거야

네게 사랑을 배우지 않았다면,
엄마를 사랑할 수 있었을까.

네게 사랑하는 법을 배워,

삼십 평생 철우 엄마로 살고 있는
가녀린 여인에게 돌려주려 해.

고마워

내 젊음을 바쳐
한평생 지켜 주고 싶은
두 여인이 있는데,

두 여인은
그게 자기라는 걸
알고나 있을까.

너랑 엄만데

밤늦게 전화 받기

사랑하면 취미가 되는 일

종이 위로
사각사각
네 생각을 적는 중인데,

넌 자꾸
자기 생각 않는다고
투정 부리는 중이다.

편지 쓰는 중이다, 바보야

 너에게 편지를 _____ 쓴다

세상은

보고 듣고 느낀 것들로

이루어진다는데,

세상에 와

너를 보고,

너를 듣고,

너를 느꼈으면

내 세상은 너인 게 맞는 거지.

그런 거지

빤히 쳐다보려니
그 예쁜 얼굴
얼룩질까 걱정이고,

아껴 보려니
그새 먼지 앉을까
걱정이야.

이래저래 걱정

 너에게 편지를 _____ 쓴다

구름 지우고 하늘을 볼 수 없듯이,
단점 빼고 나를 보려 하지 말아 줘.

이마저도 멋진 풍경으로 느껴 줘.

이것도 나야

난 네가 꽃이 아니길 바라.
목마른 꽃은 물을 준다고 다시 피지 않더라.

가끔은 내가 사랑 주는 걸 깜빡해도,
그 자리에 한 송이 꽃으로 피어 있길.

그런 너이길

 너에게 편지를 _____ 쓴다

네게 받은 사랑

적금 들어다,

만기 통장으로 찾으려니

금리 박해 못 해 먹겠네.

오늘 받은 사랑

다시 네게 다 쓰기로 했어.

사랑은 절약 안 해

네가 가장 예쁠 때
많이 사랑해 주고,

얼굴에 주름 생기면
그 개수만큼
한 번 더 사랑해야지.

그래서 낮에 밥 먹다 말고
그렇게 빤히 쳐다본 거야.

오늘 몇 번 더 사랑하면 되는지
헤아려 보려고.

오늘은 어제만큼만 사랑하면 되겠다

 너에게 편지를 ＿＿＿ 쓴다

넌 뭐가 두려워서 울어.
내가 옆에 딱 붙어 있는데.

그게 두려워서 울어?

CHAPTER 3

너에게 30m 전

혼자만의 생각 속에 살던
네 모습을 남기려고 해

예비 주례사

검은 머리 파뿌리 될 때까지,
얼굴이 자글자글해지는 만큼
마음은 말랑말랑하게 해 주세요.

 너에게 편지를 _____ 쏜다

꽃이 피려 할 때부터
꽃이 지기를 걱정하는지라,

네가 안기려 할 때부터
네가 금방 떠나갈까

불안했던 날들이 있었지.

지지 않았으면 해, 너란 꽃

밥상 위에 수저 놓을 때
한 벌 더 놓고 싶어지는 거,
이게 사랑 같은데…

라면 먹고 갈래?

너에게 편지를 _____ 쓴다

네가 흘린 눈물이
웅덩이 되고,

웅덩이에 빠져
양말 젖기 전에

내가 든 우산 밑으로
숨어들 수 있도록

이렇게 화창한 날에도
나는 우산을 접지 못해.

해 뜰 땐 양산으로 쓰면 되니까

뿌듯함이란

해돋이 본 적 없는 네게,
정동진 앞바다에서
첫 일출을 보여 주고 난 뒤의
간지러운 마음

너에게 편지를 _____ 쓴다

모서리 따라 밟기
좋아하는 네가,

가을 낙엽 밟아
바스락 소리 듣기
좋아하는 네가,

유일하게
밟지 않은 건
내 자존심이었어.

오랜 연애는 다 네 덕분이야

어둑한 지하철보단

풍경 있는 버스가 좋고,

풍경 있는 버스보단

모든 길이 장관이 되는

너랑 손잡고 걷는 길.

같이 걸을까?

삼겹살 익기 전에

된장이 먼저 졸아 버릴까

걱정하는 그 마음

반만 내게 주면 좋을 텐데.

질투의 화신

미니멀 라이프

옷 줄이고,
책 줄이고,
침대마저 싱글로 줄였지만,

너를 줄일 생각은 없어.

 너에게 편지를 _____ 쓴다

'친구로서'
밥 먹으러 가는 길,

내 마음은 이미
네 생각의 놀이터가 된 후였어.

썸

자그마한 너의 얼굴이
자꾸 내 시야를 가릴 때 있고

크지 않은 네 목소리
자꾸 세상 소리를 가릴 때 있어.

잘은 몰라도 분명 이건,
사랑이야.

맞지?

 너에게 편지를 _____ 쓴다

승부욕 센 내게,
지고서도 행복할 수 있음을
깨닫게 해 준

너란 여자, 신사임당

나는 율곡 이이

자기가 먹고 싶은 거면서,
내가 먹고 싶으니 가는 거란다.

현명한 여자

머리핀만 꽂아 줘도
행복해하는 너라서

가녀린 손가락에
반지를 끼워 주고 싶었어.

언젠가

내가 듣고 싶은 말

꼭 대단한 사람이 안 되더라도,
내겐 이미 대단한 사람이야.

 너에게 편지를 _____ 쓴다

촌스럽단 이유로

선택받지 못하던

티셔츠 입은 모습

네게 보여 줄 날 올까.

잠옷

찬바람 불면
자주 찾던 돼지국밥집
국물 맛이 변해 속상했고,

시간이 지나
네 마음의 묽기도
연해지는 건 아닐까 불안했지.

여전히 진국이지만

내가 본 아름다운 것들을
네게도 보여 주고 싶어.

돈으로 살 수 없는 것.
그래픽 사진으론 충분한 감동을
전할 수 없는 것.

그런 장면은 꼭 예고 없이 나타났다
찰나의 순간 사라져 버려.

그러니
찰나의 순간도 떨어지지 말고
붙어 있으란 말이야.

언제까지나

바쁜가 봐.

2시에 보낸 메신저,

여태 읽지 않는 걸 보니.

오늘은 토요일.

지금은 저녁 8시를 넘어가는 중인데,

딱히 만나기로 약속하진 않았지만

혹시 네 일이 너무 늦지도 빠르지도 않게 끝나

"같이 저녁 먹을까?"

물으면 어쩌나,

난 배를 움켜쥐고

라면을 끓일지 말지 고민하면서
밥 대신 눈칫밥을 먹는 중이야.

이제 마치려나…

언젠가
이름 모를 누군가로부터
고통의 바통을 이어받는다면,
그 바통을 내게 안겨 줘.

바통을 이어받은 난,
운동장 한 바퀴를 뺑 돌아
미소의 바통으로 바꿔서 다시 안겨 줄게.

네가 눈물짓는 시간이
길어지지 않도록.

너보다 고통에 무딘 건 나니까

 너에게 편지를 _____ 쓴다

고통의 바통을 쥔

선행 주자가 되지 않도록.

누구한테도

이만한 사람 없습니다.

너의 상사에게 드리는 글, 첫 번째

너에게 편지를 _____ 쓴다

당신의 용기를 배우고 싶습니다.

당신이 타박하는 그 여자,
생각보다 무서운 여잔데.

나는 7년 동안
대꾸 한 번 못 해 본 여잔데.

조금 부럽기도 합니다.

너의 상사에게 드리는 글, 두 번째

케케묵은 섭섭함을 쏟아 내고 난 뒤의 우린

너무 얄궂다.

이러지 말자

종일 네 걱정을 하다 보면,
헬리콥터 엄마의 마음을 이해하곤 해.

무거운 건 내가 대신 들어 주고 싶고,
상처 되는 말도 내가 대신 들어 주고 싶어.

네가 다치는 것보다
내가 다치는 게 낫겠다 싶어서.

과잉보호

짜증이란

① 책상 모서리에 이어폰 줄 걸려 빠지는 일
② 네 웃음 앗아간 분들(누가 됐건) 떠올리는 일

 너에게 편지를 _____ 쓴다

속임수란

① 자연의 향이 난다던 아쿠아 향 방향제

② '괜찮다'는 너의 말

누가

마룻바닥에

네 얼굴이라도

그려 놓은 건 아닌지

의심해 봐.

그렇지 않고서야

이렇게 떨어지기 힘들 리가.

푸시업Push-Up

누군가를 만나러 갈 때
신이 나면 친구라는데,
너는 여자니까
그럼 넌

여자친구 맞는 거지?

썸, 혼자만의 착각

우주

사람 마음 얻는 건
우주를 얻는 것과 같다는데,

너는 우주 하나 얻었고
나도 얻었어?

입술을 훔치기 위한
달콤한 말 한마디보다

달콤한 말 한마디에
입술을 내밀고 싶어질 때

사랑은 시작됐어

 너에게 편지를 _____ 쓴다

상처 되는 말을 뱉고서

하루도 후회하지 않은 날이 없었고,

미소 짓게 하고서

하루도 후회한 날이 없었지.

숙제 : 내일까지 말 예쁘게 하기

힘들면 그 일 때려치워라!

말은 그렇게도 잘한다

 너에게 편지를 _____ 쓴다

슬픈 사랑에 동의하지 못해.

사랑마저 슬플 거라면,
아름답단 말은 없었어야지.

Sad Ending

오늘은 내 인생의 가장 젊은 날이고,
네 인생을 사랑한 가장 오래된 날이야.

오늘이 준 의미

 너에게 편지를 _____ 쓴다

마음을 준 건
순전히 내 뜻이었고,

돌려받지 못한대도 나는 괜찮아.

잠시나마 네 고민 속에 살았다면
그걸로 나는 됐어.

애당초
너를 사랑했던 추억까지
허락받을 생각 따윈 없었기에

사는 동안
한 번쯤은 고백해 볼 용기가 생겼거든.

그러니 고백하세요

영어 한 자 몰라도
Love 모르는 사람 없고

한글 한 자 못 써도
사랑 못 하는 사람 없잖아.

사랑은 원래 그런 거야

타율

우울한 날,

네 웃음은
홈런인데

내 웃음은
몇 할일까.

 너에게 편지를 _____ 쓴다

누군가가 태어난 날,
누군가는 죽었고

우리가 사랑하기 시작한 날,
이별한 '우리'가 있는 걸 보면

사랑의 총량은
정해져 있는지도 몰라.

그렇다 한들,

우리가 헤어져
누군가의 사랑을 맺어 줄 만큼

나는 마음 넓은 사람이 되지 못해.

이기적이라 해도

'비 올 때 우산 들어 준 거 나니까
비 그치고 생긴 무지개도 나랑 같이 봐야 해.'

이 말 하려고 여태 팔 아프게 우산 들어 준 거거든.

세상에 공짜가 어디 있니

너에게 편지를 _____ 쓴다

차이

너랑 나의 차이는
붕어빵 먹는 순서쯤 되겠다.

네가 우는 이유엔
양파 까는 일만 있길.

네가 울었다면,
양파 까는 중이었길 바라.

기도

 너에게 편지를 _____ 쓴다

너를 이해하는 것보다
너를 사랑하는 게 빨랐고,

여자를 만족시키는 것보다
그녀를 만족시키는 게 쉽다는 걸
남들보다 조금 일찍 깨달았을 뿐이야.

너도 그렇지?

실수로 빨간 국물 튀었다면
얼룩지기 전에 지웠어야지.

실수로 네 마음에 상처 하나 튀었다면
얼룩지기 전에 말해 줬어야지.

이제 와 그 얼룩
말끔히 지울 수도 없는데.

티를 내줘

 너에게 편지를 _____ 쓴다

조금 불편한 행복

한 권의 책을 찾기 위해
좁은 서가 틈 사이에
쭈그려 앉는 불편함

둘이 먹기 위해
허기진 배 부여잡고
너를 기다리는 불편함

앞머리에 눈 찔려도
같이 미용실 가는 날만 기다리는

그 정도의 불편함

인내한 뒤 따라오는 지나친 행복함

다정함이란

너의 단점을 하나 더 사랑하고,
나의 장점을 하나 더 양보하는 것

 너에게 편지를 _____ 쓴다

만약

내가 가진 모든 걸 잃어도
좋은 게 사랑이라면,

나는 여태껏 너를 사랑하지 않았어.

밀크티 입에 물고 재잘거리는 너를 보며,
내가 가진 모든 걸 이용해서
너의 그 미소 지켜 주고 싶었거든.

이게 내가 믿었던 사랑이라서
모든 걸 잃은 거라면,
나는 너를 사랑하지 않았어.

길가에 핀 예쁜 꽃을 꺾어다,

이마 뒤로 쓸어 넘긴 네 머리칼에
꽂아 주고 싶지만

이름 모를 가녀린 생명을
나는 함부로 꺾지 못해.

대신 저 들꽃에다 네 이름 붙여 주고,
세 번 정도 크게 속삭이다 가야지.

 너에게 편지를 _____ 쓴다

부끄러워진 풀잎은
네 볼처럼 붉게 물들어

지나가던 또 다른 이의
눈길을 붙잡고

봄 인사를 건네겠지.

성숙한 사랑

네가 유채색 아이니까
나는 무채색 아이로 살고 싶어.
네 기분 어디에다 끼워 놔도
어색하지 않도록.

유독 하늘색을 좋아한 너는
오늘도 하늘색 후드티를 입고선
철저히 본래의 색을 숨기는 중이야.

실은 코발트블루인데 말이지.

그래서 걱정하지 않았어.
네 주변에 누가 있든
한 번도 신경 쓰지 않았어.

너는 오직 나에게만 맞춰
빛나고 있는 코발트블루니까.

말할 수 없는 비밀

네 말은 조금 차도 돼.
내가 핫팩 하면 되니까.

아니,
그냥 찬 게 더 낫겠다.

그래야 내가 보고 싶지.

언어의 온도

너에게 편지를 _____ 쓴다

추위 싫어도
군고구마 생각하면
겨울이 기다려지고,

토라져 있어도
같이 군고구마 까먹던 날 생각하면
네가 다시 보고 싶어지고.

벌써 나 잠바 입었다

사랑하는 동안

손발이 네 개라 조금 편안해지고,

머리가 두 개라 조금 현명해지고.

다만 마음은 한 개여야 가능한 것들

헬스장 가기 싫은 날,

옆집 마카롱 가게는

운동화를 신게 하는 이유가 되고.

기분 한적한 날,

나를 찾는 너의 존재는

우울함을 벗겨 주는 이유가 되고.

너의 의미

CHAPTER 4

그대 마음에 편지 왔습니다

어떤 형용사보다 근사하단 말이

어울리는 너에게

남자도 섭섭합니다

여자 섭섭한 마음이야
열 손가락 다 접는다 해도
모자라겠지만,

남자 섭섭한 이유
엄지손가락 하나 접는 걸로
족합니다.

여자 마음 푸는 데는
열 가지 이유
필요하겠지만,

남자 마음 푸는 데는
한 가지 이유면 족합니다.

 너에게 편지를 _____ 쓴다

부디 그 뾰족한 눈빛을

거두어 주시오.

그때 나는 조금 더 행복해집니다.

나의 섭섭함은

그길로 사라집니다.

사는 동안, 네 눈물은

인공 눈물이면 족할 수 있도록

약속할게

 너에게 편지를 _____ 쓴다

웃다가 갑자기 화내지 마오.
나는 아직 웃는 중이란 말이오.

울다가 갑자기 웃지도 마오.
나는 그대 따라 이제 막
눈물 흘리려던 참이니.

내 감정은 그대만큼 빠르지 못하니
이번엔 그대가 나의 보폭에 맞춰
느리게 걸어 주시오.

내가 눈치 없단 소리 듣지 않도록.

기다려 주시오

행복했던 추억 밀물 지어 들어와

다투었던 기억 썰물 지어 나가는 걸 보니

네 생각은 바다를 많이 닮았네

뜨거운 밥 달라면서

세 번 불러야 밥상 앞에 앉는 사람

: 아버지

입맛 없다면서

밥 두 공기 쓱싹하는 사람

: 너

얄밉지만, 내가 사랑하는 사람 둘

가짜 웃음이 진짜 웃음 될 때

퇴근 후에 널 만나러 가는 길

.

너에게 편지를 _____ 쓴다

일요일 아침,

눈을 뜨면

어김없이

책을 읽고,

책 읽기가 질릴 때쯤

너를 생각해.

결국 이번 주도

창틀 청소 못 했네.

변명

어제도 그제도 만났지만,
뭘 먹고 뭘 했는지 기억나지 않고

선명하게 떠오른 건
마주 보며 웃고 있는
너의 미소 한 줌.

자고 일어나면,
그마저도 흐릿해질까 두려워
잊기 전에 널 만나러 가야겠어.

새벽 두 시, 내 마음은 너를 찾아 나서

마음이 어둡다면

내 마음을 비춰 줄게.

거기 잠시만 들고 있어 줄래?

네 마음의 전구
금방 갈아 끼워 줄게.

네가 내 마음을 헤집어 놓은들
나는 소리 내어 울지 못해.

혹시 네가 미안해할까 봐.

눈물마저 가녀린 마음 안에
삼켜 버릴까 봐.

너는 알까

흔들리는 것과 흔들리지 않는 것

흔들리는 건 대개 아름다워.

봄바람에 살랑이는
벚꽃 우雨,

여름 바람의 마지못한 힘에
물결 이는 호숫가,

가을바람의 도움받아
너의 뒤로 쏟아지는 낙엽 비,

겨울바람 타고 흩뿌리는
풍경 속 눈의 꽃,

흔들리지 않고 아름다운 건
우리 사랑뿐이었어.

넌 내 마음의 빛이고
난 네 마음의 빚이야.

평생 갚을게

 너에게 편지를 _____ 쓴다

네가 시처럼 다가올 때,
머릿속으론 연애소설 써 내려갔고,
그 생각이 대하소설 되던 날
우리 둘은 에세이가 되었지.

이젠 자서전이 되어 버린

언제든 내 팔 베고 누워,
쉬어도 좋아.

쥐 난 팔
흔들 시간만 준다면.

생각보다 마이 아파

너에게 편지를 _____ 쓴다

사람은 쉽게 변하지 않는다는 것도 알고 있었고,
그만큼 사랑도 쉽게 변하지 않는다고 믿었을 뿐이야.

거봐, 내 말 맞잖아

내 손이
네 손 좋대.

겨울 되면
맞잡은 손,

어두컴컴한 코트 주머니 속 깊이
단둘이라 더욱 좋대.

손의 고백

너에게 편지를 _____ 쓴다

충동보다 소중함이 깊어질 때

오랜 연애의 서막

그댄 지금 내 마음,
몇 평쯤에 살고 있습니까.

이사 간 건 아니죠?

 너에게 편지를 _____ 쓴다

보고 싶어 터져 버린 그리움.
휴지 뜯어 닦아 주러 왔다가
손바닥에 번져,
너의 가슴 안에 스며들길.

씻어 내지 않았으면 해

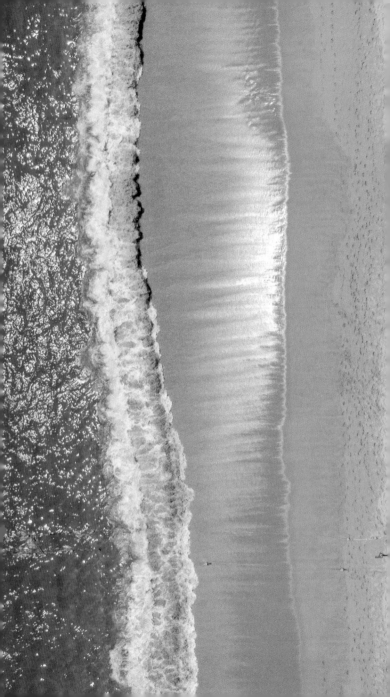

힘들어 보여도
내 어깨를 토닥이진 마.

남은 날들,
동정과 연민으로 사랑할까
덜컥 겁이 나서 그래.

육십 년쯤 지나
흰머리 나고 허리 굽어서도

맞잡은 손
놓지 않았다면

그때 서로의 어깨를
토닥여 주기로 해.

아직은 아니야

보고 싶은 마음
나도 같지만

오늘만은 고독에게
옆자리를 양보해 줄래.

네가 불쑥 찾아온다면,
미소 짓고 환영할 수 없어.

물가에서 노는 아이 보듯
한 걸음 물러나서 지켜봐 줄래?

내가 고독 속에 빠져
허우적대기 시작할 때,
기다렸다는 듯 건져 올려 줘.

오늘만은 네가 나를 지켜줄래

 너에게 편지를 _____ 쓴다

네가 투덜댈 때 받아 주는 나를 보며
내가 좋은 사람인 줄 알았어.

너도 같은 생각
했을 텐데 말이지.

괜스레 미안한 마음이 들어
너와 담근 추억이란 술을
한 국자 떠다 맛봤어.

그리고서 조금 늦게 철이 들어 버린
나는 깨달아.

내가 좋은 사람이었다면,
그렇게 만들어 준 사람
너라는 걸.

나의 고백이 늦지 않았길 바라는 밤

급작스럽게 바뀌어 간 나의 공기는
너에게 적응할 시간조차
주지 않았네.

그런 내 모습에
조금 무서웠을지도 모르겠어.

말없이 눈물지었을 너만 생각하면,
내 두 눈가도 뜨거워져 와.

무뚝뚝해서 미안해

너에게 편지를 _____ 쓴다

너무 빨리 걷지 않을게,
나랑 걷던 길 추억할 수 있도록.

너무 빨리 먹지도 않을게,
내 생각에 체하지 않도록.

나란히

이별 편지는 있어도
이별 엽서는 없는 거 알아?

사랑하는 데엔 이유가 없어
엽서로 그 맘 전했는데,

이별하자니 그 이유가
너무 구구절절한 거야.

어쩌면 그 많던 엽서 수집가가 사라진 건
주변에 사랑이 없어졌기 때문이 아닐까.

오늘부터 내 취미는 엽서 수집이야

 너에게 편지를 _____ 쓴다

내가 이불도 아니고
혼자서 따뜻할 순 없는 거지.

네가 덮어 줘야 따뜻하지.

포옹

알람 소리 듣기 전에 눈을 뜰 때
나는 조금 행복해져.

내가 보고 싶다 하기 전에
네가 먼저 보고 싶다 할 때
나는 조금 더 행복해져.

사소한 행복

너에게 편지를 _____ 쓴다

스르륵 넘길 때랑

한 페이지 꾹꾹 눌러 가며 넘길 때

책에 대한 애정이 달라져.

마주 보고 앉아서

네 얼굴을 요모조모

하나씩 뜯어보는 게 내 취미야.

넌 왜 웃냐고 하지만,

그래서 웃는 거야.

자꾸만 너라는 책을

펼쳐 보고 싶은 생각이

들어서 말이야.

책가방은 나야

-ing

언젠가 누가 그랬대.
세상에 필요한 건 다 발명됐다고.

사람들은 그래.
오랜 연애는 설레지 않는다고.

나는 그래.
조금 더 만나 보면 다를 거라고.

다 찾은 줄 알았던 네 매력이
계속 발명되는 탓에

나는 아직 설레는 중이라고.

 너에게 편지를 _____ 쓴다

혼자일 땐 짧았으면,
둘일 땐 길었으면 하는 시간

상향 엘리베이터

너를 따라
나도 울면
환기되지 못한 마음
습기 차올라서

네 마음에
곰팡이로 피어 번질까

나는 울지 못해.

내가 눈물이 없는 이유

 너에게 편지를 _____ 쓴다

어렸을 때 읽은
이솝우화에선

진귀한 보물이랑
큰 벌을 맞바꾸던데,

난 너를 얻은 대가로
얼마나 큰 벌을 받을지
가늠조차 할 수 없어.

그날까지
너를 사랑할 뿐이야.

마지막인 것처럼

삼겹살 먹고 싶다고 해서

돈암동 왔더니

갑자기 치킨 먹고 싶단다.

내 이럴 줄 알았다

택배 기다리는 마음으로
너를 기다려.

뻔히 내용물이 뭔지 알면서도
기다려.

종이 박스를 찢고 나온
오늘의 넌 어떤 모습일까.

어제완 조금 다른 모습일까?

늘 새로운 너라서 말이야

일기장에 '희생' 이라 적어 놓고
밤새 눈물 훔치지는 말아야지.

앞으로도

 너에게 편지를 _____ 쓴다

배려가 지나치면
그건 타인이지.

완벽한 타인

침대 가운데가 움푹 꺼진 곳에
너를 앉혀 놓고 싶어.
균형 잃은 네가 내 품에서
조금 더 오래 허우적댈 수 있도록

낡은 침대

꽃을 보다 사랑하고

꽃을 봐서 용서하는 계절

봄

P.S. 가급적 죄는 봄에 짓길

왜?

너도 다 알고 있다는 눈빛이네,
내가 빤히 쳐다보는 이유.

오늘은 입에 묻은 치즈 본 거지만

 너에게 편지를 _____ 쓴다

누나가 꼬북칩 사 들고 오더니
같이 먹자는 거야.

애정 표현이라곤 꿀밤밖에 모르던
누나가 말이야.

꼬북칩을 씹으며 생각해 봤어.

시간이 지나면
우리의 애정 표현도 조금 달라질까?
손잡는 대신 어깨를 토닥여 줄까.
꼭 안아 줄까.

에이, 모르겠다.

그때 가서 생각해 보자

표현이 다른 사랑

지하철을 기다리다
할머니와 손자 이야기를 들었어.

"할머니, 광화문 가자. 세종대왕 보여 줄게."
"할머닌 설날에 너 먹일 떡 찾으러 가야 해."

두 사람의 대화에 난 조금 행복해졌어.
바쁜 이유는 달랐지만,
결국 마음은 같았던 거야.
서로에게 사랑을 전해 주고 싶은 거지.

우리도 비가 오는 날엔
나는 널 생각하며 글을 쓰고,
넌 나를 생각하며 일을 하지.

그럼 오늘은 곱창 먹으러 가자.
표현 방식마저 같은 걸로.

 너에게 편지를 ＿＿＿＿ 쓴다

봄을 맞아
옷 정리를 새로 했다?

마음 떠난 옷을 헌 옷 수거함에 넣었더니,
꽃이 되어 나오는 거 있지.

그 꽃을 네게 주려고 해.

떠난 마음 넣었더니,
그 마음 붙잡으라며 꽃을 돌려주잖아.

신비한 계절, 봄

꽃을 빌려줄게

내 마음에서 사랑이란 꽃
두어 송이 캐다
너의 가슴 안에 묻어 두려 해.

네가 조금 더 사랑스러워질 수 있게.

영원히 주는 건 아니야.

언젠가 내가 미워 보이는 날,
그 꽃을 내게 돌려줘.

나도 조금 더 사랑스러워질 수 있게.

 너에게 편지를 _____ 쓴다

그 사람 지금 여기 없는 것 같아.

나를 사랑스레 바라보던 눈빛,
내가 기억하는 너,

너는 지금 여기 없는 것 같아.

마음 풀어

한 잔의 술에
조금 순수해지고,

두 잔의 술에
조금 솔직해지고,

세 잔의 술에
조금 인간적으로 변해간

너는 술을 좋아하고,
나는 그런 너를 좋아해.

네게 취해

 너에게 편지를 _____ 쓴다

너는 빨간색이야.
매력적인 진빨강.

그런 너와 사랑하고 싶어서
난 흰색이 되기로 했어.

우리 두 손이 처음 포개진 날,
그 자리에 연분홍 벚꽃이 피어난 걸

기억해?

벚꽃의 역사

꼭 만나야 할 것 같았어.

꼭 만나게 될 것 같았어.

기회가 되면 같이

사랑도 해 보고 싶었어.

너라는 사람과

예천엔
맛있는 음식을 먹을 때
네 생각이 났다?

요즘은
좋은 시를 읽으면
네 생각이 나.

자꾸만
예쁜 생각을
나누어 먹고 싶은 거 있지.

너랑 같이

바람이 불면 네가 올 것 같아.

근데 너는 안 오고
그리움만 찾아온 거 있지.

보고 싶어

 너에게 편지를 _____ 쓴다

취미도 일이 되면
흥미를 잃기 마련인데,

사랑이라고 다를까.

가끔은 약속 시간에 늦어도 돼.
출근 시간도 아니잖아.

다만 늦더라도
놀러 가는 기분으로
내게 와 줘.

그래야 내가 남자친구지.

아니면 직장 상사고

신사동 맥도날드
창가 자린 내 자리

오금동 스타벅스
창가 자린 내 자리

이곳에 앉아 나는
너를 생각해.

너의 생각
창가 자린 내 자리

저기 네 마음 걸어온다.

내게로

 너에게 편지를 ＿＿＿ 쓴다

나는 변하는 사람이야.

어제는 맞았지만,
오늘은 틀릴 수도 있어.

변덕쟁이가 아니라
아직도 세상을 익혀 가는 중이라 그래.

그러니 네가 조금만 이해해 줘.

나는 사랑 빼곤 다
변할 수 있는 사람이야.

내일도

단 한 번 사랑했을 뿐인데

여태 끝나지 않는 사랑이 있고,
이토록 끝나지 않길 바라는
사랑도 있는 거라고.

이토록…

 너에게 편지를 _____ 쓴다

아름다운 걸 보고
아름답다 말했을 뿐인데

네가 좀 더 예뻐졌네?

마법

맞는 걸 맞는다고 하는 데에
용기가 필요했고,

아름다운 걸 아름답다 말하는 데에
용기가 필요했어.

남들이 틀렸다고 하면
틀렸다고 믿었던
소심한 내가,

아름다운 걸
아름답다 말하기 위해
용기를 내보려 해.

'그녀'를 '너'라고 부르기 위해서

 너에게 편지를 _____ 쓴다

"옆에 누구야?"

친구보다 가까운,
연인보다 먼 너를
누구라고 소개할까.

조금 아는 사람이라 말할까.
조금 더 알고 싶은 사람이라 말할까.

네가 골라 봐

너의 다리를 보고 사랑했다면
내 사랑은 충동이고 본능이겠지만,

너의 미소를 보고 사랑했기에
내 사랑은 진심이라 믿었어.

서투른 내 마음을 확인하고 싶었던 난
해가 좋은 날,
멀리서 다가오는 네 모습을 바라봤어.

집으로 돌아가
네 생각을 꺼내어 볼 때
역시나 네 얼굴이 먼저 떠올랐어.

내 사람이다 싶었어

 너에게 편지를 _____ 쓴다

시를 읽다 소설 읽는 기분으로
너를 사랑할게.

묶여 있던 생각을
조곤조곤 풀어서 얘기할게,
네가 오해하지 않도록.

사랑 하나에
많은 얘기가 담겨 있었네.

그동안

모든 것을 잃어버리고 나면
여행할 기회가 찾아온다는데,

여행 가려고 너를 잃을 생각은
눈곱만큼도 없어.

가끔 심심할 땐
네가 홍콩도 됐다가,
일본도 됐다가,
유럽도 되어 줘.

너 하나면 족할 수 있게

 너에게 편지를 _____ 쓴다

나는 네게 :

옆에 앉으면 어깨 위로
머리를 툭 갖다 댈 수 있는
사람이길 바라.

너는 내게 :

그래 주길 바라

하루하루

졸업 사진 찍는 마음으로

사랑하자.

오늘만 예쁘자

 너에게 편지를 _____ 쓴다

형용할 수 없는 봄기운이 느껴지면
너를 사랑하고 싶은 설렘과
네가 떠나갈 것 같은 허무함이
함께 사무쳤다.

어느 봄날

에필로그

아름다운 걸 보고도
아름답다 말할 수 없는 세상에
사랑이라는 꽃, 한 송이를 선물하고 싶었어요.

벚꽃의 꽃말은 중간고사라고 하잖아요.
봄만 되면 무슨 시험이 그렇게나 많은지.
짝사랑도 봄에 해야 잘될 확률이 높은데, 그죠?

올봄에는 누구도 그리워하지 마세요.
그리워하는 사람을 품었다면,
지금 고백하세요.

꽃을 보다 사랑하고
꽃을 봐서 용서하는 계절
봄,

짧은 시 한 편이 독자 여러분의 발걸음을 붙잡고,
이유 없이 바라보고 싶은 꽃이 되었길.

간지러운 바람을 담아 한 송이 한 송이
써 내려갔어요.

한 권의 책이 그 또는 그녀를 닮은
예쁜 꽃으로 피어날 수 있도록,
올봄엔 많은 사랑을 하세요.

스스로가 조금 더 아름다워질 수 있게.

전하지 못했던
수줍은 마음을 담아
박철우

시처럼 다가오는 계절의 고백
너에게 편지를 쓴다

초판 1쇄 인쇄 2019년 4월 22일
초판 1쇄 발행 2019년 4월 29일

지은이 박철우
펴낸이 안종남

펴낸 곳 지식인하우스
출판등록 2011년 3월 31일 제 2011-000058호
주소 04035 서울시 마포구 양화로7길 55(서교동) 신양빌딩 201호
전화 02)6082-1070
팩스 02)6082-1035
전자우편 jsinbook@naver.com
블로그 blog.naver.com/jsinbook

ISBN 979-11-85959-79-5 03810